LA VIE

DE

TROMBALGO

PAR

HENRY VANNOY

Sans aptitude et sans travail, vous n'êtes rien,
Qu'un bohème de l'art, jamais un Comédien.
HENRY VANNOY.

PARIS

TYPOGRAPHIE MORRIS PÈRE & FILS

64, RUE AMELOT, 64

1875

LA VIE

DE

TROMBALGO

LA VIE

DE

TROMBALGO

PAR

HENRY VANNOY

Sans aptitude et sans travail, vous n'êtes rien.
Qu'un bohème de l'art, jamais un Comédien.
HENRY VANNOY.

PARIS

TYPOGRAPHIE MORRIS PÈRE & FILS

64, RUE AMELOT, 64

1875

LA VIE

DE

TROMBALGO

Sans aptitude et sans travail, vous n'êtes rien,
Qu'un bohème de l'art, jamais un Comédien.
HENRY VANNOY.

Bohème sans frein, singulier mélange,
D'originalité, d'amour, de passion,
Cœur franc, généreux, une douceur d'ange,
Qu'il perdit au théâtre, avec la raison;
Je vais essayer, de vous conter l'histoire,
D'un prototype, mon très-cher ami lecteur!
Sans fleur de rhétorique, veuillez m'en croire,
Soyez indulgent, s'il vous plaît, car j'ai fort peur.
Avec les beaux jours, et les roses nouvelles,
Trombalgo! paraissait au Café national;
Ce damoiseau, fleurissait les demoiselles,
Qui s'amus   beaucoup, de cet original.
Je suis, d   e dernier mousquetaire!
J'aime les   atelles, les pourpoints de velour,
Les beaux gants Crispins, et la longue rapière!...
La femme rebelle, et facile tour à tour...

Réglant sa montre, quand il en avait une,
Sur le Canon-Soleil ! du Palais-Royal ;
On eût dit un raffiné, cherchant fortune,
Sous les grands arbres, du Palais-Cardinal !
Or, débuter à la Comédie française,
Fut son désir le plus vif, et le plus ardent ;
Dans le Cid, disait-il, je suis fort à l'aise,
Mais c'est dans Néron ! que brillera mon talent,
Je veux étonner tout le monde, dans Oreste !
Je veux qu'on dise, après mes sublimes effets !
Trombalgo ! ressuscita Racine, et le reste !...
Les sourds l'entendirent ! et, il fit parler les muets !
Donc, un jour il courut au Ministère,
Puis, chez l'auteur en vogue, en réputation ;
Brûlant ses vaisseaux ! secouant sa crinière !
Sacrifiant tout, pour assouvir sa passion.
Je suis grand et fort beau ! mon mérite est notoire ;
J'ai de la chaleur, moi ! et des larmes à l'excès !
Car je ne sors point, monsieur ! du Conservatoire ;
Confiez-moi cent vers, et je réponds du succès !
J'ai trente ans, et je joue les premiers rôles,
La province ne connaît que Trombalgo.
J'électrisais Quimper dans tous mes rôles.
Car, je joue le prince, aussi bien qu'un gogo !

Je ne suis point de ceux qu'un auteur redoute,
Vous apprécierez, seigneur! mon grand talent!
Je brûle les planches, moi! rien ne me coûte,
Monsieur! vers ou prose, je suis épatant!
Je jonglerais, avec Frédéric, et Mélingue !
Si vous me donniez, un beau rôle à côté d'eux.
Maître, dès que j'ouvre la bouche, on me distingue,
Je fais pâmer les femmes! et dresser les cheveux !
L'auteur se dit : Bah! tentons l'aventure,
Qui sait, ce que peut faire cet original!
De mon héros, il en a l'encolure,
Qu'il fasse de l'argent! le reste m'est égal.
Bref! Trombalgo, pour achever notre histoire,
Parut au Théâtre-Français, le lendemain,
Avec une lettre, c'est à n'y pas croire,
Que lui donna l'auteur, pour monsieur Firmin.
Quand il fut devant l'aréopage,
Hélas! on lui fit voir son erreur;
Les observations le mirent en rage,
Notre lion fut vaincu par la peur!
L'insensé croyait qu'une très-belle mémoire,
L'aplomb, l'arrogance et les cheveux au vent,
Devaient être vraiment, la chose obligatoire,
Pour que l'on crût, un beau jour, à son talent.

Près du Capitole, la roche Tarpéienne !
On voit moins les qualités qu'un défaut,
Sur le dernier venu, chacun dit la sienne,
Et les méchants, ne firent point défaut.
« C'est trop d'humiliation ! c'est une infamie !
S'écria-t-il ! Ah ! j'ai le jeu trop vieux !
Je ne suis ni ventriloque, ni momie,
Chers maîtres, mais encore moins plat gueux !
Des conseils à moi ! c'est trop d'audace !...
Ventrebleu ! me prend-on pour un ignorant ?
Vertuchou, voilà, qui est cocasse,
Il faut braire ici, pour avoir du talent.
Fort bien ! je ne serai point sociétaire,
Je déplais au Comité, c'était à prévoir ;
Mon bruyant succès, ne pouvait pas lui plaire.
Je suis fils de mes œuvres ! et, je l'ai bien fait voir !
Soyez flétris ! grands seigneurs de la décadence !
Qui préférez la farce, et le drame à l'envers !
De vous, je ne dirai pas tout ce que je pense !...
Fossoyeur de la tragédie ! et des beaux vers !
Songez un peu, lui dit un sage, à l'infortune,
Aux jours de douleur, à la misère sans fin !...
Placez votre obole, dans la caisse commune.
Ne jetez pas au vent, les miettes du festin !...

Rayez donc, s'il vous plaît, mon nom de vos annuaires,
Vous ! qui n'avez que des larmes pour les vieillards ;
Brisons-la! je connais trop ces Robert Macaires !...
Qui nous demandent cent sous, pour donner deux liards !
O grand Paris ! séjour d'espérance et de larmes !...
Où le vice se prélasse du haut en bas !
Tes faux dieux, m'ont tué mes illusions, les infâmes !...
Adieu donc, perfide ! je ne reviendrai pas.
Maître Trombalgo, retourna donc en province,
Se posant en victime, des grands comédiens !...
Paris! disait-il, s'il fallait que j'y revinsse,
J'aimerais mieux qu'on fît ronger mon crâne aux chiens!.
Vingt ans après, dans une rue de province,
Près d'une affiche, devisaient des bourgeois :
Jetons-lui des pommes! car il faut qu'on l'évince,
Ce Trombalgo! qui joue soûl toutes les fois :
Hué!... La voilà donc venue, cette heure si redoutée!...
Les lâches! ils m'ont jeté des trognons de choux,
Pour un lapsus, un rien, une chaise non brisée ;
L'orage gronde! ami, gare aux maris jaloux,
Ces bélîtres prétendent que je bredouille,
Et qu'il me faut, sans plus tarder, changer d'emploi,
Pour jouer les ivrognes, et les milords l'Arsouille!
Tout beau! seigneurs, j'attendrai l'huissier du roi !

Vous n'aviez point, hier, monsieur, figure humaine !
— Vous buvez, dites-vous, par amour de l'art,
Puis, vous vous grisez, tout le long de la semaine !...
Enfin, mon drôle ! vous n'êtes qu'un pochard !
Mon très-cher garçon, cessez cette pitrerie !
Vous n'êtes plus en carnaval, au mardi gras !
Croyez-moi, vous tournez à la bouffonnerie,
Les grands capitans sont morts ! avec le bœuf gras.
— Moi, renoncer à mes beaux jours *d'épatage*,
Jamais, je n'abdiquerai ma fierté,
Dieu ! fit trois dons, aux artistes de passage :
Le grand soleil ! l'air et la liberté !
Mons Citrouillart, ce gros courtaud de boutique,
Voudrait qu'on étouffât ! c'est par trop comique.
Mais pour cesser de boire, sinistre farceur,
Supprimez donc l'absinthe ! et le distillateur !
Vil orgueilleux ! qui cherche dans sa vieillesse !
Un bout de ruban ! Qu'importe la couleur !
Vieux cerveau fêlé, pauvre esprit en détresse,
Qui court comme un fou ! mendier la croix d'honneur !
Cynique plagiaire, du grand Diogène !
Je veux comme lui, dormir dans un tonneau !
Je veux, messieurs, tant pis si cela vous gêne !
Vous démasquer, Athéniens de Landerneau !

— Vous êtes, mon cher, un brandon de discorde,
Donc, se quereller pour vous, est scandaleux !
Il nous faudra, pour rétablir la concorde,
Vous expulser Trombalgo, de Saint-Brieuc !
Vous pliez, sous le fardeau de vos dettes !
Fréquentant des ivrognes! et des gueux sans talent,
Vous faisiez à ma femme des risettes,
Eh bien! mon joli cœur! dansez donc maintenant !
— Vous me réduisez, que Dieu me pardonne,
A demander, au grand seigneur de Beaumanoir !
Les fruits qui tombent, par les vents d'automne,
Dans l'auge des chiens ! et dans les champs de blé noir.
Quelle bourgeoisie stupide et idiote !
Vit-on jamais un talent sobre, tas d'idiots!
J'ai les vertus, moi, d'un Sans-Culotte !
Vous, parfaits crétins! celles de vos haricots!
Pas une ville ! qui ne me soit interdite !...
Oh ! je sens la débine m'emboîter le pas,
Demain la misère! aujourd'hui la faillite !
Bah, désordre et génie ! ne se contredisent pas.
Notre héros, devint amoureux d'une étoile !
Comme le beau Ruy-Blas, du grand Victor Hugo !
Il fit demander, par son ami Saint-Avoile,
La main de sa reine ! pour le sieur Trombalgo!

La belle et grande étoile, devint nébuleuse,
La cruelle, finit par disparaître un jour,
Laissant son vieux vainqueur, et sa flamme amoureuse,
Se consumer dans l'alcool, jusqu'au dernier jour.
Hélas ! je l'ai donc perdu ma dernière bataille.
L'amour d'un ange! pouvait seul, me transformer ;
J'implorais en vain, disait-il, une muraille,
Un démon sans cœur! qui ne sut jamais aimer!
Si je pouvais oublier son dernier sourire !...
La sombre charmille, et nos rêves d'amour !...
Le dernier baiser, de cette femme en délire !
Qui me trahissait ! et que j'aime toujours.
Rêve impitoyable ! qui me poursuit sans cesse,
Dans les interminables heures de ma nuit,
Rien ne peut distraire le songe, qui m'oppresse,
Pas même le rossignol, quand le jour lui.
O doux serments, répétés à la belle étoile !...
Échos des nuits, qui les murmuriez au lointain,
Ces délicieux soupirs, qui soulevaient son voile !
Tout s'est enfui ! dans la tourmente d'un matin...
Hélas! Cachons-leur ma tristesse !
Surtout, faisons contre fortune bon cœur,
D'être aimé, j'avais la faiblesse,
Je paierai ma dette, sans verser un pleur !

Dans ma course vertigineuse et vagabonde,
A travers la vie! je n'ai pas eu de bonheur...
Aux ronces du grand chemin, dans la boue immonde !
J'ai laissé mon amour, avec mon faible cœur.
Oh ! va-t-en! va-t-en! fausse ivresse de théâtre,
Qui nous fait voir tout en rose, quand il fait nuit.
De toi, grande menteuse! j'étais idolâtre!
Qu'as-tu fais cruelle, de mon bonheur détruit !
Adieu sombre forêt, vallons, riche prairie,
La grand'mère Pistache, et le vieux cabaret!...
Les vendeurs de mélasse, douce confrérie,
Viennent enfin, de me signifier mon arrêt!
Gais cabotins, qu'un directeur rassemble,
Enfants perdus, qui n'avons pas un nid,
C'est le hasard! qui nous a mis ensemble,
Mais c'est le bock ! qui vraiment nous unis !
Du plus grand des Romains, voilà ce qu'il me reste :
Mon illustre rapière, et mon vieux Buridan.
Pour dîner aujourd'hui, j'ai les fureurs d'Oreste,
Demain, Chaterton, avec César de Bazan !
Quand l'ivresse me tombe, je me ramasse,
Disait-il, je vais la nuit par les chemins,
Et, j'ai pour compagne, la lune qui passe,
En argentant les clos verts! et leurs raisins!

Trombalgo, se fit un jour anachorète,
Ne pouvant plus, hélas! du haut de ses tréteaux,
Faire sortir, de l'ignoble grosse tête,
Les sottises du fou, débitées aux badauds!
Vieux infirme brisé, tombé dans l'ornière!
Je vais, disait-il, car c'est mon idéal!
Finir,ô grand Dieu! mon abjecte misère!
Droit à la morgue! pas même à l'hôpital!
Comme un mauvais génie, embusqué sur la route!
L'absinthe assassine, le pître trébuchant,
Dieu! Dérobons-nous au monde, que je dégoûte!
Prends ta volée mon âme! avec mon dernier chant!...
Oh! je vois la mort, en mon suprême délire;
Présider la Camarde! à mon dernier festin!
Versant l'alcool infernal! avec un sourire!
Dans mon cœur abîmé! sous les coups du destin!
Pauvre histrion perdu, dans la falaise aride!...
De l'immense Océan! de ce monstre perfide!
Qui vient à mon dernier soupir, son flux pressant,
M'arracher à la vie, pour l'éternel néant!...
Ce fut ainsi que Trombalgo, rendit l'âme.
Sur un lit de galets emporté par un flot!
Souriant à la mort, à travers une larme!...
Murmurant je t'aime! ce fut son dernier mot.

O qu'à vingt ans, on raffole du théâtre !

Comme on se moque de tout, même des autans !...

Aux premiers succès, on en est idolâtre !

Plus tard on le maudit ! mais, quand il n'est plus temps.

Qui joue la comédie, ne commet point un crime,

Mais hélas ! que de chagrins et de déceptions !

Jeunes gens, j'ai cru devoir vous montrer l'abîme !

Vous crier, enfants, gardez-vous des illusions !

Le cœur des artistes, trop aisément s'enflamme !...

Pour de légers succès, combien perdent leur âme !

Sans aptitude et sans travail, vous n'êtes rien,

Qu'un bohème de l'art, jamais un comédien.

Mai 1875. Paris.

5-1611- Paris. — Typ. Morris père et fils, rue Amelot, 64.

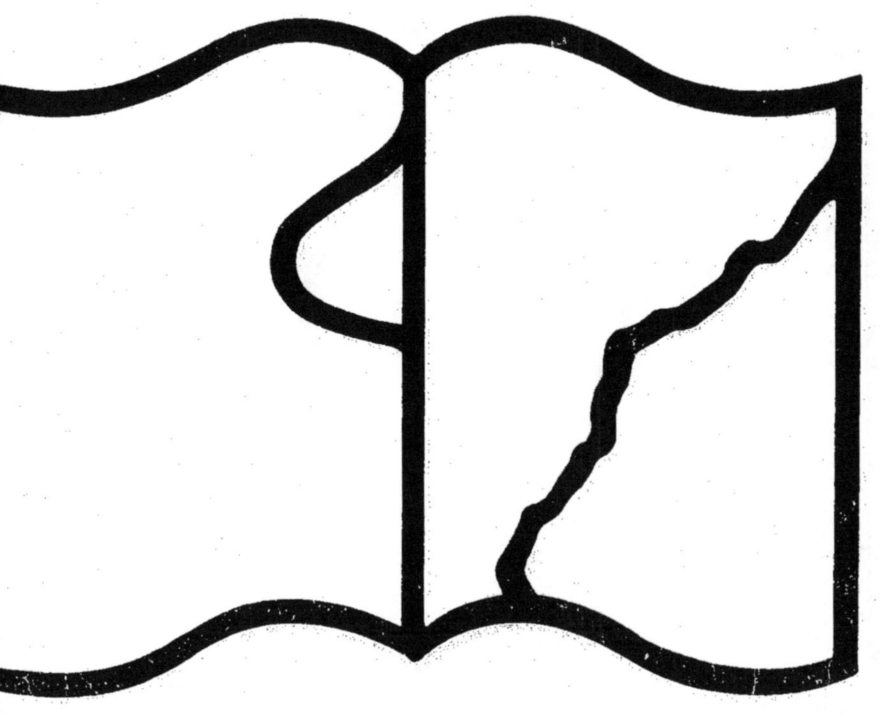

Texte détérioré — reliure défectueuse

NF Z 43-120-11

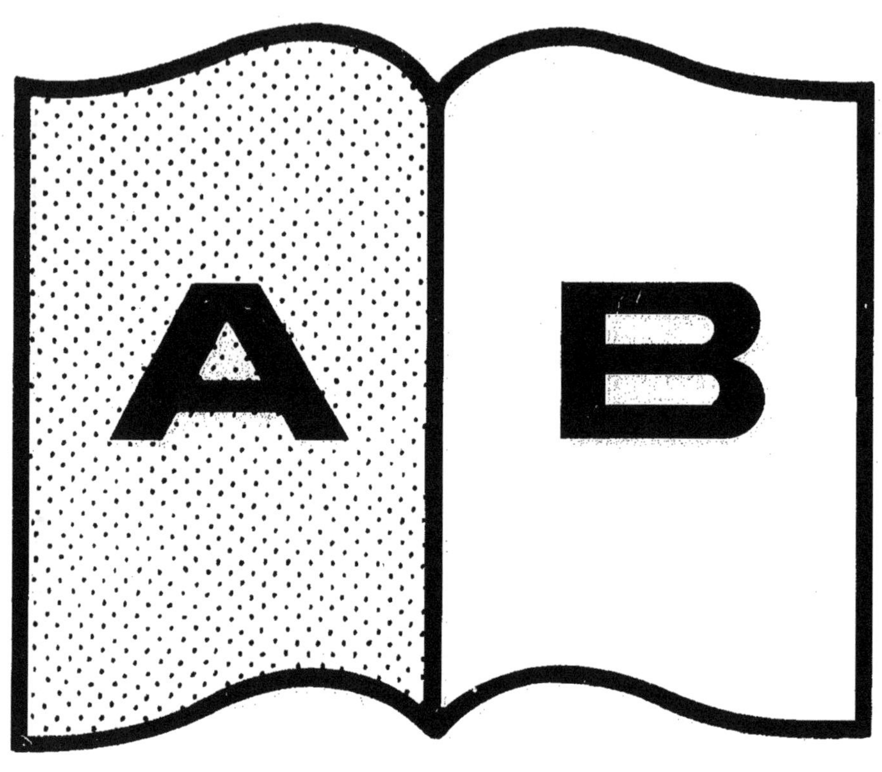

Contraste insuffisant

NF Z 43-120-14